AF363777

OBJETS D'ART

ET

D'AMEUBLEMENT

Faïences, Porcelaines

CATALOGUE

DES

OBJETS D'ART

ET

D'AMEUBLEMENT

Faïences hispano=mauresques et autres

PORCELAINES DE CHINE, SAXE, ETC.

OBJETS VARIÉS — PENDULES

Meubles, Étoffes

DONT LA VENTE AURA LIEU A PARIS

HOTEL DROUOT, SALLE N° 7

LE JEUDI 9 JUIN 1910

A DEUX HEURES

COMMISSAIRE-PRISEUR	EXPERTS
Mᶜ HENRI BAUDOIN	**MM. MANNHEIM**
Successeur de M. PAUL CHEVALLIER	7, rue Saint-Georges
10, rue Grange-Batelière	PARIS

EXPOSITION PUBLIQUE

Le Mercredi 8 Juin 1910, de 1 heure 1/2 à 5 heures 1/2

Don S. de Ric...

CONDITIONS DE LA VENTE

Elle sera faite au comptant.

Les adjudicataires paieront *dix pour cent* en sus des enchères.

Paris. — Imp de l'Art, Cᴴ. Bᴇʀɢᴇʀ, 41, rue de la Victoire.

DÉSIGNATION

PORCELAINES ET FAÏENCES

1 — Compotier, décoré de fleurs. Ancienne porcelaine de Chine.

2 — Compotier, décoré d'un arbuste en fleurs. Ancienne porcelaine de Chine.

3 — Assiette : arbuste en fleurs et attributs. Ancienne porcelaine de Chine.

4 — Vase-balustre présentant les Huit Immortels. Ancienne porcelaine de Chine, époque Kien-lung.

5 — Deux perruches en porcelaine de Chine.

6 — Assiette : paysage en bleu. Ancienne faïence de Delft.

7 — Plaque : pêcheurs sur un pont. Faïence française.

8 — Petite assiette : paysage. Ancienne faïence de Castelli.

9 — Deux vases en ancienne faïence de Delft, décor bleu ; montés en lampes.

10 — Deux pichets en faïence.

11 — Bannette, décor à la pagode. Ancienne faïence de Rouen. Inscription au revers.

12 — Soupière ovale, avec couvercle, décorée de fleurs. Ancienne porcelaine de Frankenthal, marque de *Hannong*.

13 — Potiche en ancienne porcelaine de Chine, décorée de personnages dans des paysages. Elle est accompagnée d'un couvercle.

14 — Potiche en porcelaine de Chine : mandarin donnant une audience. Elle est accompagnée d'un couvercle en ancienne porcelaine de Chine, à décor de jeux d'enfants.

15 — Plat creux en ancienne porcelaine de Chine, décoré de plantes aquatiques.

16 — Plat creux, décoré d'animaux chimériques. Ancienne porcelaine de Chine.

17 — Potiche : fleurs et imbrications. Ancienne
porcelaine de Chine.

18 — Grand bol, décoré de fleurs, en ancienne
porcelaine de Chine. Époque Kien-lung.

19 — Petit plateau et assiette en ancienne faïence
de Moustiers, décor bleu : amour et quadrillés.

20 — Assiette, décorée de deux personnages bu-
vant. Ancienne faïence d'Aprey.

21 — Assiette, décorée d'un paysage en camaïeu
rose. Ancienne faïence de Lorraine.

22 — Bassin, décor bleu. Ancienne faïence de
Moustiers.

23 — Deux assiettes : fleurs. Ancienne faïence
de Strasbourg.

24 — Trois assiettes : fleurs et fruits. Ancienne
faïence de Marseille.

25 — Plateau rond en ancienne faïence alle-
mande, décoré en bleu d'une figure de
l'Abondance.

26 — Plat creux en ancienne faïence d'Alcora :
oiseaux et personnage.

27 — Soucoupe, à décor de fleurs et quadrillés bleus. Ancienne porcelaine tendre de Sèvres.

28 — Plat, décoré de fleurs, en ancienne porcelaine de Chine.

29 — Bol en ancienne porcelaine de Chine : fleurs ; fond capucin.

3o — Bol en ancienne porcelaine de la Compagnie des Indes ; fleurs et guirlandes.

3i — Quatre assiettes, même porcelaine : fleurs ; petits quadrillés au marli.

32 — Deux compotiers en ancienne porcelaine de Chine : fleurs ; rinceaux en dorure au bord.

33 — Pot à lait, en ancienne porcelaine de Chine : branchages fleuris et oiseaux.

34 — Deux assiettes en ancienne porcelaine de la Compagnie des Indes ; décor rayonnant de personnages et fleurs ; montures en bronze.

35 — Tasse et soucoupe en ancienne porcelaine de Saxe, décor de marines, dentelle en dorure.

36 — Soupière avec couvercle et plateau, même
porcelaine, décor de fleurs en couleurs et
rinceaux en bleu.

37 — Sucrier avec couvercle et présentoir en ancienne porcelaine tendre de Mennecy, à
décor de bouquets de fleurs.

38 — Deux plats creux, décorés de fleurs dispo-
sées autour d'un médaillon contenant une
branche fleurie. Ancienne porcelaine de
Chine.

39 — Deux vases ovoïdes avec couvercles, décorés d'ustensiles et de paysages entourés de
carrelages. Porcelaine de Chine.

40 — Trois vases ornés de rochers, arbustes et
oiseaux. Même porcelaine.

41 — Deux vases, décorés sur fond bleu fouetté
de réserves contenant des fleurs et des animaux chimériques en bleu rehaussé de couleurs; avec couvercles. Même porcelaine.

42 — Personnage étendu auprès d'un petit vase.
Même porcelaine émaillée sur biscuit.

43 — Rocher avec fontaine. Même porcelaine.

44 — Deux poules surmontées d'un poussin, formant théières. Même porcelaine.

45 — Théière, pot à lait, flacon à thé avec couvercles, bol, quatre petits plateaux, six tasses et cinq soucoupes; décor de fleurs sur fond vermiculé. Ancienne porcelaine de Chine, époque Kien-lung.

46 — Deux plats, décorés chacun d'un paysage, marli à réserves au milieu de motifs irréguliers. Ancienne porcelaine de Chine, époque Kien-lung.

47 — Deux vases avec couvercles, décorés de personnages et d'arbustes. Ancienne porce- de Chine, époque Kien-lung.

48 — Carafe de khalian, décorée de fleurs et de personnages. Même porcelaine.

49 — Deux coqs, décorés au naturel. Porcelaine de Chine.

50 — Deux beurriers avec couvercles simulant des poules. Même porcelaine.

51 — Cigogne debout en porcelaine du Japon.

52 — Deux groupes, composés chacun de quatre enfants et personnifiant l'Été et l'Automne. Ancienne porcelaine de Saxe.

1.220

53 — Groupe, composé de trois amours. Même porcelaine.

350

54 — Groupe en deux parties, composé d'un joueur de cornemuse, d'une femme assise et d'un enfant jouant. Même porcelaine, marque au point.

250

55 — Sucrier octogone avec couvercle, à décor de réserves contenant des marines sur fond vert. Porcelaine de Saxe.

100

56 — Chien et groupe de chiens carlins assis, décor au naturel. Même porcelaine.

1.400

57 — Deux groupes à sujets galants. Ancienne porcelaine de Frankenthal.

1260

58 — Tasse droite et soucoupe, décor de roses et feuilles de laurier. Ancienne porcelaine tendre de Sèvres.

59 — Deux flambeaux, ornés chacun d'une statuette mythologique auprès d'un arbuste. Porcelaine de Chelsea.

185

60 — Deux vases avec couvercles en faïence, à
décor de personnages et attributs en grisaille.

61 — Grand plat à ombilic en ancienne faïence
hispano-mauresque, décor à reflets métalliques avec rehauts de bleu; sur l'ombilic,
un personnage; alentour, des fleurs; sur le
marli, des godrons obliques.

62 — Plat à ombilic en ancienne faïence hispano-
mauresque, décor à reflets métalliques avec
rehauts de bleu : motifs rayonnants et petites
fleurs.

63 — Plat à ombilic en ancienne faïence hispano-
mauresque, décor à reflets métalliques avec
rehauts de bleu : petite fleur sur l'ombilic;
entrelacs et fleurs alentour.

64 — Plat à ombilic en ancienne faïence hispano-
mauresque, décor à reflets métalliques avec
rehauts de bleu : fleurs et feuilles.

65 — Plat à ombilic en ancienne faïence hispano-
mauresque, décor à reflets métalliques avec
rehauts de bleu : fleurs et petites feuilles.

66 — Plat à ombilic en ancienne faïence hispano-
mauresque, décor à reflets métalliques avec
rehauts de bleu : petites feuilles.

67 — Bassin à ombilic en ancienne faïence hispano-mauresque, décor à reflets métalliques :
sur l'ombilic, un oiseau ; alentour, des bandes
d'ornements concentriques ; au marli, des
godrons obliques.

68 — Bassin en ancienne faïence hispano-mauresque, décor à reflets métalliques avec
rehauts de bleu : au fond, une étoile ; au marli,
des motifs irréguliers.

69 — Deux vases, à décor de médaillons : vues
de châteaux, sur fond vert. Porcelaine dure
de Sèvres ; l'un d'eux daté : *1812*.

70 — Deux vases avec couvercles en porcelaine
émaillée bleu ; montures en bronze.

71 — Petit pot ovoïde : fleurs et oiseaux. Ancienne porcelaine du Japon.

72 — Deux petites tasses variées avec soucoupes.
Ancienne porcelaine de la Chine et du Japon.

73 — Deux figurines. Porcelaine.

OBJETS VARIÉS

74 — Baromètre en bois sculpté et doré, à décor
d'attributs de l'Amour. Époque Louis XVI.

75 — Petite miniature ovale : Portrait de femme,
en corsage rose. Cadre en cuivre.

76 — Deux fixés : Portraits de moines.

77 — Cadre en chêne, à décor de godrons.

78 — Grand pitong en bronze du Japon, décor
de dragons.

79 — Éléphant en bronze et émail cloisonné de
la Chine.

80 — Brûle-parfum, en forme de pagode, en
bronze et émail cloisonné de la Chine.

81 — Pitong en bois sculpté à personnages.
Chine.

82 — Défense sculptée. Travail des colonies
espagnoles.

83 — Deux petites divinités indiennes en bronze.

84 — Cinq boutons variés japonais.

85 — Dix netzukés japonais variés, bois et ivoire.

86 — Flacon-tabatière en jade blanc de la Chine.

87 — Coupe libatoire et petite tasse en agate. Chine.

88 — Six pièces variées en ancien émail cloisonné de la Chine.

89 — Petite plaque en jade gris ajouré, ornée d'un dragon. Chine.

90 — Couvercle en jade gris de la Chine.

91 — Petite coupe en jade gris uni de la Chine.

92 — Pendule en marqueterie d'écaille, de cuivre et d'étain, ornée de bronzes : statuette de baigneuse, petits vases, etc. Cadran signé : *Clauier*, *à Paris*. Époque Louis XIV.

93 — Pendule en marbre blanc et bronze doré, en forme de demi-rotonde. Commencement du xixe siècle.

94 — Pendule en bronze doré, ornée d'une statuette de chasseresse assise, accompagnée d'un chien. Commencement du xixe siècle.

95 — Pendule en bronze, à mouvement de montre, porté par un cheval.

96 — Éventail à monture d'ivoire ajouré ; feuille à double sujet à décor de personnages jouant. Époque Louis XVI.

97 — Miniature ovale : Portrait de femme, coiffée d'un foulard. Fin du xviiie siècle.

98 — Deux vases en verre bleu, montures en bronze doré, à anses torsades et culot feuillagé.

99 — Deux rafraîchissoirs en cuivre argenté.

100 — Petit vase en verre rouge, monté bronze. Epoque Restauration.

101 — Pendule en bronze avec traces de dorure : Allégorie à la navigation. Socle en marbre blanc. Fin du xviiie siècle.

102 — Figurine d'enfant satyre sur une chèvre. Bronze.

103 — Deux plaques de bourses, décorées de bustes, en émail peint de Limoges, par *Jean Laudin*. xviie siècle.

104 — Plaque à figure de saint en émail peint de Limoges. xviie siècle.

105 — Petit bassin en ancienne dinanderie.

106 — Pot en cuivre et étain.

107 — Harpe de *Stumpff, London*, décor de figures allégoriques. Commencement du xixe siècle.

108 — Pendule en marbre blanc et bronze doré, à mouvement supporté par un portique. Commencement du xixe siècle. ·

109 — Cadre ovale en bois sculpté et doré à feuillages. xviiie siècle.

110 — Cadre en bois sculpté et doré, à décor de feuilles de lauriers. xviiie siècle.

MEUBLES, TAPISSERIES

ÉTOFFES

111 — Petite table-bureau à deux tiroirs en bois de violette à quadrillés, du temps de Louis XV.

112 — Lit de repos en bois sculpté et doré à feuillages, avec traverses d'entrejambes. Ancien travail italien; coussin en velours ciselé.

113 — Deux fauteuils, du temps de Louis XV, en bois sculpté et repeint gris à fleurs. Ils sont couverts en étoffe.

114 — Table-bureau en acajou et cuivre. Commencement du xixe siècle.

115 — Secrétaire à abattant en acajou et cuivre. Dessus de marbre blanc. Commencement du xixe siècle.

116 — Tabouret en bois sculpté, couvert en tapisserie au point.

117 — Bande d'ancienne tapisserie à fleurs et fruits sur fond blanc. — Long., 2 m. 95 cent.

118 — Panneau en toile de Gênes, à dessin d'arbustes et animaux.

119 — Lot de damas jaune.

120 — Lot de soie crème brochée à fleurs Louis XV.

121 — Gilet brodé Louis XVI.

122 — Jupe rayée et panneau de toile brodée.